삶이 내게 뜨거운 커피 한 잔 내놓으라 한다

삶이 내게 뜨거운 커피 한 잔 내놓으라 한다

초판 1쇄 발행 2018년 9월 13일
초판 2쇄 발행 2020년 5월 14일

지은이 양광모
펴낸이 김선기
펴낸곳 (주)푸른길
출판등록 1996년 4월 12일 제16-1292호
주소 (08377) 서울시 구로구 디지털로 33길 48 대륭포스트타워 7차 1008호
전화 02-523-2907, 6942-9570~2
팩스 02-523-2951
이메일 purungilbook@naver.com
홈페이지 www.purungil.co.kr

ISBN 978-89-6291-466-5 03810

*이 도서의 국립중앙도서관 출판예정도서목록(CIP)은 서지정보유통지원시스템
홈페이지(http://seoji.nl.go.kr)와 국가자료공동목록시스템(http://www.nl.go.
kr/kolisnet)에서 이용하실 수 있습니다.(CIP제어번호: CIP2018028371)

삶이 내게
뜨거운 커피 한 잔
내놓으라 한다

양광모 커피 시집

푸른길

시인의 말

커피란 기다림, 아니면 그리움.

너를 생각하며 마시는 커피는 늘 뜨거웠다.

어느 햇살 눈부시거나 촉촉하게 내리는 비에 가슴 젖는 날에는

코발트빛 바다가 바라보이는

남애항 고독이라는 이름의 카페에 앉아

너를 기다리며 이 시집을 읽으리라.

너무 늦지는 말자.

차례

III. 삶이 내게 뜨거운 커피
한 잔 내놓으라 한다

Ⅰ.
커피는 가슴에 향기를 남기네

커피 • 1

밥은 먹으면 배가 부르지만
커피는 배부르지 않고

술은 마시면 취하지만
커피는 취하지 않네

사랑은 식으면 떠나가지만
커피는 떠나가지 않고

꽃은 손에 향기를 남기지만
커피는 가슴에 향기를 남기네

커피 · 2

꽃도 아닌 것이
향기롭게 만들고

술도 아닌 것이
취하게 만든다

사랑도 아닌 것이
그립게 만들고

인생도 아닌 것이
뜨겁게 만든다

이 깊고 은밀하고 진중한 것을
무엇이라 부르랴

분명코 커피만은 아니리니

커피 • 3

어느 땅에서 솟아나는 샘물이기에
흐린 마음 맑게 씻어주고

누가 담아놓은 호수이기에
그리운 얼굴 비춰주느냐

어느 먼 곳으로 흘러가는 강물이기에
이국의 마을 꿈꾸게 하고

얼마나 깊은 바다이기에
한 번 빠지면 벗어나질 못하느냐

내 안에 들어와
나를 향기롭게 만드는 이여

어느 하늘을 빛내는 은하수이기에
오늘도 내 가슴에 별이 뜨느냐

커피 • 4

어떤 사랑이 커피보다
더 부드러운 밀어를 속삭일 수 있으며
어떤 친구가 커피보다
더 따뜻한 위로를 건넬 수 있는가

어떤 스승이 커피보다
더 깊은 명상에 빠지게 할 수 있으며
어떤 안내자가 커피보다
더 먼 여행으로 이끌 수 있는가

어떤 왕이 커피보다
더 삶을 부유하게 만들 수 있으며
어떤 천국이 커피보다
더 영혼을 평화롭게 만들 수 있는가

어떤 시인도 커피보다
더 향기로운 시는 쓸 수 없느니
어떤 사람이 커피보다
더 귀한 신의 선물을 바랄 수 있는가

커피 • 5

파도 한 점 없는
검붉은 바다
천 잔쯤 마시면
섬이 될 수 있다기에

먼, 따뜻한

커피 · 6

피었다 지는 것만이
꽃이랴

뜨거웠다 식는 것도
꽃이다

참 뜨거운
꽃

커피 · 7

사는 일이 암흑 같을 때
커피를 마신다

사는 일이 커피 같으라고
커피만큼은 뜨겁고 진하게 살자고

커피 • 8

손끝 하나 담근 적 없는데
늘 가슴까지 잠긴다

빗방울 하나 떨어진 적 없는데
늘 마음까지 젖는다

커피 • 9

너는
첫사랑의 여자

달고
쓰고
뜨거웠지

아―득했지

커피 • 10

저 먼 나라에 비가 오는가
내 가슴에 그리움 흐르고

저 먼 나라에 눈이 내리는가
내 가슴에 사랑 뜨겁고

저 먼 나라에 그대 있는가
내 가슴에 꽃 피어나고

커피잔 속,
저 먼 따뜻한 나라

커피 • 11

이빨을 감추고 지켜보는
흑표범 한 마리

잡아먹힐 것만 같아
내 안에 먼저 가두면

검은 대륙의 초원 위로
한 줄기 뜨거운 바람이 분다

사냥을 떠날 시간

커피 • 12

검은 정화수

맑은 날에도
흐린 날에도

꽃 피는 날에도
꽃 지는 날에도

비 오는 날에도
눈 내리는 날에도

간절한 기도
멈추지 않으니

삶이여, 커피처럼 향기롭게
사랑이여, 커피처럼 뜨겁게

커피 • 13

너는
블랙 우먼

검은색이
잘 어울리는 여자

나의 첫사랑을 닮아
쓰고 달고 뜨겁구나

그날의 설렘으로
가만히 너의 손을 잡으면

오늘도 내 가슴속
아득히 흘러들어 오는

깊고 부드럽고 그윽한
첫사랑의 향기

커피 • 14

이 세상 가장 부드럽지만

이 세상 가장 강력한 블랙홀

너의 생각

송두리째 모두 빨아들인다

커피 • 15

사랑이 쓴 날은
커피를 마시자

뜨거운 커피를 마시며
그래도 널 사랑한다, 쓰자

인생이 쓴 날은
커피를 마시자

차가운 커피를 마시며
그래도 잘 살아왔다, 쓰자

쓰면 쓸수록
인생과 사랑과 커피의 향은 깊어지리니

커피 · 16

커피야! 커피야!

세상에서 가장 나를
사랑하는 사람의 얼굴을 보여다오

어머니...

커피 · 17

커서 어른이 되기만을 꿈꾸었는데
피면 지는 것이 인생인 줄은 몰랐네
허전함으로 이슬 맺히고
그리움으로 찬바람 부는 날엔
커피 한 잔에 쓸쓸한 마음 달래며
비껴가지 못할 세월
따뜻이 맞아본다

커피 • 18

백 잔쯤 마시면
가슴에 꽃 한 송이 피어날 게다

천 잔쯤 마시면
가슴에 별 하나 떠오를 게다

만 잔쯤 마시면
가슴에 강물 한 줄기 흘러갈 게다

아! 그보다 조금 더 긴 일생쯤 마시면
가슴에 뜨거운 커피 한 잔쯤 늘 끓고 있을 게다

커피 · 19

가장 뜨겁지만
가장 빨리 식고

가장 오래 마시지만
가장 순식간에 사라지고

누구에게나 한 잔씩 주어지지만
누구나 그 맛을 음미하지는 못하는

인생이라는 이름의
커피 한 잔

가장 쓰지만
가장 달고

가장 덧없지만
가장 향기롭나니

입과 코와 눈, 그리고 영혼으로 음미하세
마지막 한 방울까지

커피 · 20

커피는 시요
커피는 춤이다

커피는 길이요
커피는 여행이다

커피는 단비요
커피는 오아시스다

커피는 편지요
커피는 일기다

커피는 추억이요
커피는 행복이다

커피는 그리움이요
커피는 기다림이다

커피는 아침햇살이요

커피는 저녁노을이다

커피는 이 세상 가장 편안한 친구요

커피는 이 세상 가장 뜨거운 사랑이다

커피 • 21

삶이란
커피잔에 든 커피를 마시는 일이요
죽음이란
커피잔이 모두 비워지는 일이다

성공이란
고급 카페를 많이 소유하는 일이요
행복이란
함께 커피를 마실 사람이 많은 일이고
불행이란
아무도 함께 커피를 마시지 않는 일이다

사랑이란
한 잔의 커피를 함께 나눠 마시는 일이요
이별이란
식은 커피를 남기고 따로따로 카페를 나서는 일이다

연인이란
커피를 마시면 얼굴이 떠오르는 사람이요

부부란

커피를 끓이며 나를 기다리는 사람이다

혼자 커피를 마시면

인생의 멋을 아는 사람이요

누군가에게 커피 한 잔을 건넬 줄 알면

인생의 의미를 아는 사람이다

세상을 아름답게 만드는 건

커피의 향기요

인생을 아름답게 만드는 건

사람의 향기다

한 사람이 또 한 사람에게

따뜻한 커피가 되어줄 때

한 사람은 또 한 사람의 가슴에

영원히 사라지지 않는 향기가 된다

II.

커피가 잘 어울리는 여자를 만나고 싶다

커피 한 잔

커피 한 잔을 마시면서
너를 생각하는 일보다
더 따뜻한 일이 있을까

커피 한 잔을 마시면서
너를 그리워하는 일보다
더 뜨거운 일이 있을까

커피를 마실 때면
나는 늘 이렇게만 생각되나니

너의 삶 어느 아름다운 날에
커피 한 잔이 되어주는 일보다
더 향기로운 일이 있을까

사랑이 한 잔의 커피라면

사랑이
한 잔의 커피라면

너무 달거나 쓰지 말길
너무 진하거나 연하지도 말길
너무 뜨겁거나 차갑지도 말길

아, 그러나 이런
모든 것들은 어찌 되더라도

그대가 그 커피를 마셔주길
그대만이 그 커피를 마셔주길

너를 생각하며 마시는 커피는 늘 뜨겁다

너를 생각하며 마시는
커피는 늘 뜨겁다

너를 생각하며 마시는
커피는 늘 부드럽다

얼음 몇 개 들어있어도
설탕이나 프림을 넣지 않아도

너를 생각하며 마시는
커피는 늘 진하다

내 안에 들어와
꽃으로 피어나는 이여

너를 생각하며 마시는
커피는 늘 향기롭다

커피가 잘 어울리는 여자를 만나고 싶다

커피가 잘 어울리는 여자를 만나고 싶다

커피처럼 뜨겁고
커피처럼 부드럽고
커피처럼 향기로운 여자

커피 한 잔만 있으면
밤새 대화를 나눌 수 있는 여자

커피잔 손잡이처럼 귀를 쫑긋 세우고
내가 하는 모든 이야기를 빠짐없이 들어주는 여자

푸른 바다가 보이는
카페의 창가에 놓여진
하얀 커피잔 같은 여자

파도와 백사장과

수평선의 침묵과 갈매기 울음소리를 좋아하는 여자

이윽고 티스푼을 저으면

먼바다로 배 한 척 떠나가는 여자

그 배를 타고 밤하늘 별을 함께 바라볼

커피가 잘 어울리는 여자를 만나고 싶다

커피 한 잔만큼의 사랑

너를 향한 내 마음을
보여주고 싶을 때
따뜻한 커피 한 잔을
사진 찍어 보낸다
딱 그만큼의 온도와
딱 그만큼의 향기로
사랑하는 것이다

네가 날카로운 비수로
내 가슴을 휘휘 저을 때에도
너의 입맛에 맞추려
내게 달콤한 찬사를 쏟아부을 때에도
나는 내가 지켜야 할 색과 향을 간직했나니
딱 그만큼의 빛깔과
딱 그만큼의 부드러움으로
사랑하는 것이다

커피 한 잔에 담긴 사랑이

얼마나 대수로울까마는

온몸으로 네 안에 뛰어들기 위해

나는 묵묵히 나의 파문을 잠재우는 것이다

네가 하는 모든 말은 커피가 된다

네가 하는 모든 말은
커피가 된다

네가 내쉬는 모든 숨결과
네가 짓는 모든 웃음과
네가 만드는 모든 몸짓은
내게로 와 커피가 된다

이 세상 그 어떤 커피보다도
향기로운 이여

네가 보내는 모든 눈빛은
가장 뜨거운 커피가 된다

중독

한 번 빠지면
벗어나기 힘든 것들이 있다

커피
늪
그대 생각

비가 오는 날에는

살며시 두 손으로 감싸 안고
부드러운 입맞춤 건넬 제
내 몸속 깊은 곳까지 흘러들어 와
아득한 향기로 나를 적시는
저 검붉은 커피 같은 사랑
딱 한 잔만 마시었으면
비가 오는 날에는

각설탕

각설탕은 커피의 각시

자신의 몸을 녹여

커피를 부드럽고 달콤하게 만들어주는

저 투박한 생김새의 여인을

이제는 다방에서조차 찾아보기 힘들어

우연히 각설탕을 만나게 되는 날은

나의 오랜 각시라도 되는 양

다정히 어루만져 보곤 하는데

요즘의 매끈한 시럽 같은 여자들이 듣는다면

커피맛이 삼 년은 쓸 지도 모르겠다만

사랑은 각설탕처럼 해야만 한다는 것

커피야, 너도 알고 있겠지?

커피 한 잔 마시는 동안

벗꽃은
천 번을 피었지

장미는
천 한 번을 졌네

단풍과 낙엽은
헤아리지 맙시다

첫눈과 당신은
처음처럼 가슴에 내리는데

사랑

이를테면, 두 사람이 마주 앉아
커피를 마시며 따뜻한 눈빛으로
서로의 얼굴을 바라보는 일을
사랑이라 부르는 것이겠지만

어쩌면, 입술을 델 만큼 뜨겁던
커피가 차갑게 식어버린 후에도
오래도록 찻잔에 남아 머무는
저 커피의 향을
나는 사랑이라 부르고 싶은 것이다

사랑이란

커피가 아니라
커피잔 같은 것

손잡이까지 만들어
품고 있던 모든 것을
아낌없이 내주는 것

빈 잔으로 남는 날에도
뜨거웠던 입맞춤을 기억하며
사랑의 향기 간직하는 것

이가 빠지고
빛이 바래도
묵묵히 함께 늙어가는 것

나의 사랑은

식지 말라고
두 손으로 꼭 감싸 쥐고 와
내게 건네주는 따뜻한 커피처럼

식지 말라고
내 가슴속에 꼭 품고 가며
너에게 건네줄 뜨거운 커피 한 잔

사랑이라는 커피

얼마나 진한 커피기에
한 잔을 마셨는데
평생 가슴에 향기가 남는가

얼마나 뜨거운 커피기에
잠깐 입술이 닿았는데
평생 가슴에 화상이 남는가

사랑아,
얼마나 깊은 커피기에
한 번 발을 디뎠는데
영원히 빠져나오질 못하는가

나는 꼭 커피잔처럼

이것이 사랑이라면
커피를 사랑한 커피잔이 더 행복했을까
커피잔을 사랑한 커피가 더 행복했을까

이것이 이별이라면
커피와 헤어진 커피잔이 더 슬펐을까
커피잔을 떠나간 커피가 더 슬펐을까

커피 한 잔을 앞에 놓고
별, 먼 밤하늘의 별을 생각하는
이것이 아마도 사랑이겠지

나는 꼭 커피를 사랑하는 커피잔처럼 되어 있나니
사랑이여, 넘치도록 나를 가득 채우라

그녀는 커피를 사랑할 테지

커피잔 속에

검은 바다가 있다

파도는 보이질 않는데

문득 물결치는 그리움

저 해변에 앉아

일생을 함께 보내고 싶은

사람을 만나고 싶다

그녀는 커피를 사랑할 테지

나는 그녀를 사랑할 테고

해는 보이질 않는데

문득 떠오르는 그리움

커피를 좋아하는 여자를 만나면

술을 좋아하는 여자를 만나면
연애를 하고

꽃을 좋아하는 여자를 만나면
결혼을 하고

커피를 좋아하는 여자를 만나면
먼 곳으로 함께 여행을 떠나라

다시 돌아오지 못해도
그대 후회 없으리

첫사랑의 추억

-커피나 한잔 같이 하시겠어요

그녀에게 전화가 왔다
그때 그 목련꽃은
수십 번을 더 피었다 졌는데

맹물 같은 재회를 마치고 돌아온 밤
이제 와 뜨거운 불꽃이 다시 살아나리야마는
늦도록 잠을 이루지 못해
홀로 생각하는 건

- 입술은 왜 또다시 데었는가

아내

우유보다 하얗던 피부
커피처럼 검어졌네

곱디곱던 마음도
까맣게 타들어갔을 텐데
향기는 더욱 그윽하여

조금만 천천히 식으라
살며시 두 손으로 감싸 안아 보는
이 세상 가장 목 뜨거운 커피

커피와 사랑은 진하게

진한 커피보다 연한 커피를
좋아하는 사람은
지금 누군가를 사랑하고 있지 않는
사람이다

만약 그가 누군가를 사랑하고 있다면
그의 사랑은 결코 진하지 않으리라

진한 사랑은 진한 커피를
진한 커피는 진한 사랑을

언제 다녀가셨는가

술잔에서는
술 향기가 나고

커피잔에서는
커피 향기가 나는데

나의 가슴에서는
당신의 향기가 나네

언제 다녀가셨는가
아직 이리 향기 진함은

커피를 끓여주고 싶은 사람

참 따뜻해
커피를 함께 마시고 싶은 사람이 있습니다

참 아름다워
커피를 함께 마시고 싶은 사람이 있습니다

참 향기로워
커피를 함께 마시고 싶은 사람이 있습니다

그렇지만 그 무엇보다도
내 손으로 커피를 끓여주고 싶은 사람이 있습니다
내 손으로 커피를 끓여주고 싶은 사랑이 있습니다

커피를 끓이면

커피를 끓이면
어느 먼 곳에 있어도
늘 내 앞에 와 앉는 당신

벚꽃 소란스레 피는 날에나
여름비 요란스레 내리는 날에도
어찌 그리 알고 오시는지

별똥별 고요히 지는 날에나
겨울 눈 소리없이 내리는 날에는
어찌 그리 빨리 오시는지

오늘은 커피가 진했나
상기한 얼굴로 미소 지으며
내 옆으로 와 앉는 당신

커피꽃

아침 일찍 커피를 마시면
꽃 한 송이 가슴에
피어납니다
당신을 닮은 향기
저녁까지 은은한데
당신을 향한 그리움은
더욱 진해져
밤이면
다시 피어나는
커피꽃 한 송이

커피잔은 하나

무슨 상관이겠어요
우리는 사랑을 하는데

지구의 반대편까지 걸어가 나누는
짧고 뜨겁고 진한 키스

무슨 까닭이겠어요
이렇게 커피가 출렁이는 건

다방이나 하나 차려야겠어요

다방이나 하나
차려야겠어요

당신이 늘
그곳에 앉아 편히 쉴 수 있도록

별이 보이는
별다방이라 부를까요

사랑이 쏟아지는
깨다방이라 부를까요

다방이나 하나
차려야겠어요

당신이 늘 머무는
내 가슴속 그곳에

사랑 카페

내 마음속에 카페가 있어요

메뉴는 설레임, 그리움, 기쁨, 행복
영업은 24시간
가격은 무료

내 마음속에 사랑 카페가 있어요
손님은 오직 당신뿐

바리스타

그대만큼 나를
빛나게 하는 사람을 본 적이 없다

그대만큼 나를
향기롭게 하는 사람을 본 적이 없다

모래알 같은 내 삶에
사랑의 생명수를 부어
밤하늘의 별로
한낮의 장미로
다시 태어나게 만드는 이여

그대만큼 나를
뜨겁게 만드는 사람을 본 적이 없다

빈 잔에 그리움 넘쳐

그대가 떠난 후
커피를 마실 때면

빈 잔 가득
그대 생각 차올라

두 번째 잔은
비우지 않으렵니다

그리움은
무한 리필이네요

새드 카페

커피잔은 둘
사람은 하나

한 잔은 가득
한 잔은 비었네

한 잔은 식었고
한 잔은 얼었네

커피잔은 둘
사랑은 하나

커피의 일과

사람들이 써놓은 글자를 지우거나
사람들이 걸어간 발자국을 지우는 건
바다의 일과

사랑했던 이름을 지우거나
사랑하며 걸어온 추억을 지우는 건
커피의 일과

바다는 파도로 지우는데
커피는 적막으로 지운다

사랑하는 사람이 생기면

사랑하는 사람이 생기면
불러보고 싶은 이름,
그대

사랑하는 사람이 생기면
함께 가보고 싶은 섬,
사랑도

사랑하는 사람이 생기면
함께 마시고 싶은 커피,
카푸치노

사랑하는 사람이 생기면
들려주고 싶은 말,
정말 사랑해!

사랑하는 사람이 생기면
물어보고 싶은 말,
얼마큼 사랑해?

그대와 함께
사랑도에 가서
카푸치노를 마시며
얼마큼 사랑해?
정말 사랑해!

사랑하는 사람이
생기면

당신이 날
사랑하면

커피소녀

커피를 마실 때 내리는 비는
커피비

커피를 마실 때 내리는 눈은
커피눈

커피를 마실 때 뜨는 별은
커피별

커피를 마실 때 찾아오는 사랑은
커피사랑

이렇게 커피에 물든 사람은
커피소녀

커피 프로포즈

별이 쏟아지는 사막의 밤하늘 아래
너와 단둘이 앉아 커피를 마시고 싶어

저녁노을이 물드는 바닷가 카페에서
너와 함께 커피를 마시고 싶어

매일 아침
네가 타주는 커피를 마시고 싶어

매일 밤
너에게 커피를 타주고 싶어

너에게
한 잔 커피가 되고 싶어

커피 키스

너무 뜨거워 입술을 델까
살짝 입만 맞추곤 떨어지는

떨어지자마자
곧 다시 입술을 붙이는

마침내 긴긴

커피 타임

커피나 한 잔 마시는

시간으로 생각지는 말기를

뜨거워야 할 것 뜨겁게 만들고

식어야 할 것 차갑게 식히는 시간

내 생의 커피는 얼마나 남았을까

어림짐작해보는 시간

내 안에도 향기로운 무엇이 있는가

곰곰이 음미해보는 시간

그러나, 그렇게도 생각지는 말기를

그저 잔잔히 물결치는 파도처럼

순간의 여유를 즐길 것

커피를 마시는 시간이야말로

생에서, 생으로부터

자유로운 유일한 시간이니까

무엇이 더 뜨거울까요

커피잔 속에는
커피가

내 가슴속에는
사랑이

하나는 식고
하나는 식지 않는답니다

카페에서

너는 아무 말 없이
커피를 마신다

나도 아무 말 없이
너만을 바라본다

하고 싶은 말은
커피가 모두 하고 있기에

따뜻하고 진하게
부드럽고 향기롭게

커피를 흘렸어

너를 생각하다

그만 커피를 흘렸어

괜찮아!

네 생각은 흘리지 않았으니까

그대와 함께라면

봄날에는 호숫가 카페에 앉아
따뜻한 커피를 마시겠습니다

여름에는 바닷가 카페에 앉아
아이스커피를 마시겠습니다

겨울에는 강가 카페에 앉아
뜨거운 커피를 마시겠습니다

무슨 상관이겠어요
그대와 함께라면

가을에는 단풍 붉은 카페에 앉아
그대의 따스한 눈빛 마시겠습니다

오늘은 커피를 들고 네게 가리라

오늘은 커피를 들고
네게 가리라

꽃이 피거든
꽃이 지거든

바람이 불거든
바람이 잦거든

붉은 해 떠오르거든
저녁노을 붉게 지거든

비가 오거든
눈이 내리거든

오늘은 커피 한 잔을 들고
네게 가리라

사랑이 뜨겁거든
사랑이 식거든

III.
삶이 내게 뜨거운 커피 한 잔 내놓으라 한다

밥만 먹자고 이 세상까지 왔겠는가

밥만 먹자고 이 세상까지 왔겠는가
술도 한두 잔 마시고
커피도 몇 잔쯤 마셔야지

일만 하자고 이 세상까지 왔겠는가
바닷가도 하루 이틀 거닐고
사랑도 몇 날은 해봐야지

이 말만 하자고 이 세상까지 왔겠는가
꽃도 한두 송이 피우고
별도 몇 개쯤 닦아줘야지

너무 사람이 그리운 날엔 커피를 마신다

너무 차갑게 사는 건 아닐까 싶은 날엔
뜨거운 커피를 마시고
너무 불같이 사는 건 아닐까 싶은 날엔
아이스커피를 마신다

너무 모질게 사는 건 아닐까 싶은 날엔
연한 커피를 마시고
너무 무르게 사는 건 아닐까 싶은 날엔
진한 커피를 마신다

너무 단맛에 취해 사는 건 아닐까 싶은 날엔
쓴 커피를 마시고
너무 쌉쌀하게 사는 건 아닐까 싶은 날엔
단 커피를 마신다

밥이야 몸을 위해 먹지만
커피야 마음을 위해 마시는 것

너무 사람이 그리운 날엔

커피를 마시고

너무 사람이 미운 날엔

커피를 마신다

커피나 한 잔 마시고 간다는 듯이

사랑을 할 때는 이리합시다
커피나 한 잔 같이 마시자는 듯이

이별을 할 때는 이리합시다
커피나 한 잔 같이 마신 사이라는 듯이

가슴에 뜨거운 것 하나 없이
살아가는 삶이 어디 있겠소

어느덧 세상 떠나는 날은 이리합시다
커피나 한 잔 마시고 간다는 듯이

삶이 내게 뜨거운 커피 한 잔 내놓으라 한다

삶이 내게
뜨거운 커피 한 잔 내놓으라 한다

삶이 내게
시원한 커피 한 잔 내놓으라 한다

어느 날은 저 혼자 뜨겁게 달아오르다
어느 날은 저 혼자 차갑게 식어버리며
그 검은 수심의 깊이를 알 길이 없는

삶이 내게
오래도록 사라지지 않을
향 깊은 커피 한 잔 내놓으라 한다

커피를 위한 기도

살아가는 동안 누군가를 사랑할 때
그를 향한 나의 사랑이 커피 같기를

너무 뜨겁지도
너무 차갑지도 않기를
너무 달지도
너무 쓰지도 않기를
너무 진하지도
너무 연하지도 않기를

생을 마치는 날까지
천천히 비워지기를
조금씩 식어가는 날에도
향기는 결코 잃지 않기를

가장 뜨거웠던 순간에도
온몸으로 받아들이듯
가장 차가워진 순간에도
온몸으로 받아들이기를

무엇보다 진실로 바라는 것은
나의 사랑하는 이가 커피가 되고
나는 그를 받치는 커피잔이 되기를

블랙커피

커피를 마시다
울었다

그립거나 슬프기 때문이 아니라
커피가 뜨거워서 그랬을 뿐

손끝으로 전해져
내 삶이 하도 뜨거워서 그랬을 뿐

이를테면 내 생은
블랙커피인 것이다

커피를 위한 묵상

200도 내외의 불에 구워진 후 가루가 될 때까지 분쇄되고도 다시 또 한 번 100도 정도의 물에 몸을 던져야만 한 잔의 맛있는 커피가 만들어진다는데...

의향이 어떠한가, 생이여

시럽

달콤한 맛도 그윽한 향기도 없이
너처럼 쓰기만 한 커피는
처음 보겠는데

사랑이라는 시럽이라도
한두 스푼 넣으면 어떻겠는가

생이여

리필

사오십 년쯤 마셨으면
리필해줄 때도 된 것 같은데
뜨거운 생의 커피 한 잔
가득 부어줄 때도 된 것 같은데
나를 끓이신 이 누구인가 소식이 없어
오늘도 커피 한 잔으로 대신하는
깊고 진한 생의 리필

다시 향기롭거라

종이컵

향기가 난다며
스스로를 커피라 생각하겠지만

빈 커피잔에도 향기는
남아있는 것

하물며 종이컵에도 향기는
묻어있는 것

마음 카페

마음은 저마다
하나의 카페

기쁨과 행복이 찾아오면 환대하고
슬픔과 불행이 찾아오면 거절할 것

정히 돌아가지 않거든
조명을 최대한 밝게 할 것

슬픔과 불행은
어둠 속에 앉아있길 좋아하니까

커피를 마시듯

월요일에는 커피를 마시듯
꿈 한 잔 마실 일이다

화요일에는 커피를 마시듯
희망 한 잔 마실 일이다

수요일에는 커피를 마시듯
용기 한 잔 마실 일이다

목요일에는 커피를 마시듯
열정 한 잔 마실 일이다

금요일에는 커피를 마시듯
긍정 한 잔 마실 일이다

토요일에는 커피를 마시듯
용서 한 잔 마실 일이다

일요일에는 커피를 마시듯
감사 한 잔 마실 일이다

사랑하는 사람과 커피를 마시듯
살아가는 모든 날마다
맑고 향기로운 생각 한 잔 마실 일이다

커피 한 잔 마실 시간쯤

먹고사는 일이야
늘상 고되고 바쁜 법이지만
밥 한 끼 같이 먹을 시간은 없어도
커피 한 잔 같이 마실 시간쯤 있어야겠지
술 한 잔 같이 마실 시간은 없어도
커피 한 잔 같이 마실 시간쯤 있어야겠지
그 커피라는 거
쓴 물이나 검정물로만 생각지 말고
생의 사막을 건너는 중에
기적처럼 발견한 오아시스라 여기며
잠시 샘물에 둘러앉아
함께 목을 축이는 시간쯤은 있어야겠지

어디서 왔소
어디로 가오
같이 가지 않으려오

이제 곧 모래바람 휘몰아쳐

발자국마저 지워지려니

커피 한 잔 같이 마시며

먹고사는 일보다

함께 더불어 살아가는 일에

더 깊고 진한 마음을 줘봐야겠지

커피를 마실 때는

커피를 마실 때는
무어라도 좋은 일만 생각합시다

좋지 않은 일은
술을 마실 때만으로도 충분하니까

좋지도 나쁘지도 않은 일은
물을 마실 때만으로도 충분하니까

커피를 마실 때는
무어라도 따뜻하고 향기로운 일만 생각합시다

커피가 필요한 순간

술도 위안이 되지 못하는

살아가는 일이
소주보다 쓴 날이 있다

커피가 필요한 순간!

아직은

아무래도 꼭 텅 빈 커피잔처럼
살아가는 듯싶은데
어쩌면 이런 마음이 드는 것도
아직은 저 생의 밑바닥에
차갑게 식은 커피나마
조금은 남아있는 까닭이라 생각하며
뜨겁게 가슴을 덥히는 날이 있다

커피의 말씀

어제는
홀짝홀짝 마시더니

오늘은
훌쩍훌쩍 마시는구나

내일은
활짝활짝 마시거라

시인의 아침

살아가는 일이

식은 커피잔처럼

쓸쓸한 사람들의 빈 가슴에

사랑이라는

뜨거운 커피 한 잔

가득 따라주고 싶어

심장의 화로 위에

가장 깨끗한 언어를 올려놓고

천 년을 가시지 않을

높고 향 맑은 시를 끓인다

커피 앞에서

커피 같은 시는 못 쓰더라도
커피잔 정도의 시는 쓰길

커피잔 같은 시는 못 쓰더라도
커피잔 받침 정도의 시는 쓰길

그리되도록 나의 삶이
달콤할 수 없다면 차라리 쓰길

당신의 입맛이 그러하시다면
나의 삶 그에 맞게 온전히 쓰길

내 가슴속 커피잔

내 가슴속에
커피잔 하나가 있다

어느 풀꽃 같은 이를 만나거든
향 깊은 커피 한 잔을 대접하려 준비해 두었는데
아직 쓰지는 못하였다

봄꽃 피는 날일지
여름비 오는 날일지
가을 낙엽 떨어지는 날일지
겨울 눈 쏟아지는 날일지는 모르겠으나

반드시 한 번은 오리라는 생각에
오늘도 맑은 물을 끓이며 미소 짓는다

시인이 카페의 주인이라면

시인이 카페의 주인이라면
커피의 이름은 이렇게 바뀌었으리

아메리카노는 뜨거운 사랑
카라멜 마끼아또는 달콤한 첫키스
카페라떼는 부드러운 포옹
카푸치노는 향기로운 추억

카페에 오면
사람들은 이리 말하겠지

뜨거운 사랑 한 잔 주세요
달콤한 첫키스 두 잔 주세요

사랑에는 관심없다고?
아이스커피는 식어버린 사랑

커피가 쓴 시

땅땅거리는 사람들이
떵떵거리고 사는

덜덜덜 마음이 추운 날엔
달달한 커피 한 잔

해해거리는 그녀를 바라보며
별, 별에 대해 이야기하면

하늘하늘 나의 마음도 날아오르리라고
오늘도 커피가 쓰다, 그래도 사랑은 달다고

늘 따뜻하리

화려한 커피잔에 담긴
값비싼 원두커피보다
일회용 종이컵에 담긴
싸구려 믹스커피가
더 맛있을 수 있다는 사실을
잊지 않는다면
사랑이라는 커피는 식지 않으리
인생이라는 커피는 늘 따뜻하리

행복

봄날 아침
너는 커피를 끓이고
나는 커피를 마신다

이렇게 큰 기쁨을 준 이는 누구인가
이 외에 어떤 다른 기쁨을 바라겠는가

겨울밤이 오면
나는 커피를 끓이리
너는 커피를 마시고

커피를 끓이며

오랜 시간
속 끓이며 살아왔는데
향 맑은 차 한 잔은
우려내본 적 있었나
한 사람의 시린 가슴을
따뜻히 덥혀준 적 있었나
커피 한 잔에
마음을 데우는 아침
차갑게 식은 영혼을
다시 불 위에 올려놓는다

커피를 끓였네

지구에 아침이 오면
커피를 끓였네
축하해야 하겠기에

지구에 밤이 오면
커피를 끓였네
감사해야 하겠기에

낮에는 무엇을 위해 그리하였나
사랑해야 하겠기에

사랑과 인생과 커피

사랑과 인생은
커피와 같나니

뜨겁고 향기로울 때
커피를 마셔라

이제 곧
커피는 식고
향기는 사라져

마침내 사랑과 인생은
빈 잔으로 남으리

커피에게 배우다

달면 삼키고
쓰면 뱉는 게
사람의 본성이라는 말
너를 보니 잘못임을 알겠다

달아도 삼키고
써도 삼키는 것

사랑한다면, 사랑이라면

사랑을 마시듯

물 마시듯
술을 마시던 날이 있었지

술 마시듯
사랑을 마시던 날도 있었네

남은 날은 사랑을 마시듯
커피를 마시며 살아가야지

묘비명

뜨거운 커피 한 잔
따라주고 가시게

혹시 아는가
입술을 데어 화들짝 놀라 뛰쳐나갈지

쓰다 쓰다 말하지만
사는 게 단 커피라네

사랑이 너무 써요

푸른 바다가 내려다보이는
옥계휴게소 야외벤치에 앉아
커피를 마시며 물었다

−바다님, 사랑이 너무 써요

−그 쓴 커피도 맛있다며 마시고 있지 않느냐

블랙커피 한 잔 마셨거니

살아가는 일로
마음에 상처를 입을 때
쓴 커피 한 잔 마셨거니

사람과의 일로
눈가에 눈물이 흐를 때
쓰고 진한 커피 한 잔 마셨거니

뜨겁게 입술 데어
하루쯤 잠 못 이루겠지만
따뜻하고 향기로운 커피
곧 다시 가득 채워지려니

내 그 따르는 손 되려니

별과 커피와 사랑

별이 쏟아져 내린다는
몽골 테를지 공원에는 회색구름만
짙게 깔려있었다
일생의 기회를 놓친
허전한 마음을 이끌고 돌아오는
비행기 안에서
무심코 밖을 바라본 순간
수많은 별들이 양떼처럼 흩어져
어두운 밤하늘을 빛내고 있었다
뜨거운 커피 한 잔을 마시며
그 뜻을 생각해 보느니
세상에는 멀리 가는 것이 아니라
높이 가야만 볼 수 있는 것들이 존재한다는 것이다
인생에는 높이 가는 것이 아니라
깊이 가야만 볼 수 있는 것들이 존재한다는 것이다
커피 한 잔을 마시는 뜻도 그러하려니
서둘러 급히 가는 것이 아니라
느린 걸음으로 가야만 음미할 수 있는 것들이 존재한다는 것
이다

사랑이여, 우리가 함께 먼 길을 갈 때는

커피 한 잔을 마시듯 깊고 느린 걸음으로 천천히 걸어가자

정동진 카페

밤을 지나온 기차가
정동진 역에 멈춰 서면
사람들은 카페를 향해
전속력으로 달려간다
마침내 빈자리 하나 차지하면
뜨거운 안도의 숨결이 물결치고
커피잔 속에서는 바다보다
먼저 해가 떠오른다
그 뜨겁고 진한 일출을
지켜본 사람은 알려니
정동진에서는 커피가
가장 깊은 생의 바다다

고독 카페

남애항 고독이라는 이름의 카페에서
커피를 마셔보면 안다

이 세상에서 가장 고독한 건
사람이 아니라 항구라는 것을

비워도 비워지지 않는
고독이라는 이름의 커피 한 잔

남애항에서는 항구가
가장 쓴 커피를 마신다

등대 카페

강원도 하조대에 등대 카페가 있고

등대 카페에 두 개의 바위틈이 있는데

두 개의 바위틈으로 바다를 바라보면

수평선이 조금 기울어져 있다

왼쪽보다 오른쪽이 높은데

뱀이 찾는 것이 그것이었을 게다

평평하지 않은 곳

한쪽이 한쪽보다 낮은 곳

올라가지 못할 때 내려갈 수 있는 곳

눈물이 스스럼없이 흘러내리는 곳

가을바람 소리가 목메어 울거든

등대 카페로 가라

두 개의 바위틈 앞에 앉아

커피거나 막걸리거나 잔을 채우면 알게 되리니

조금 기울어져 산들

생은 상심할 그 무엇도 없다는 것을

*박인환의 시구를 빌리다

푸른별 카페

지구라는 카페에 들러
인생이라는 커피 한 잔을 마시고
우리는 떠나간다
늦게 도착한 사람이
먼저 떠나기도 하고
반 잔을 마시기도 전에
혼자 떠나기도 하면서
맛있다 맛없다, 비싸다 싸다 말하지만
다음 별에 도착하면 알게 되리니
우주에서 가장 아름다운 카페는
푸른별이라는 걸
그곳에서는 우연히 만난 손님끼리도
자리를 함께하며 서로를 사랑하느니